¡FELIZ CUMPLEAÑOS!

Dr. Seuss

Traducción de Yanitzia Canetti

 RANDOM HOUSE • NEW YORK

Translation TM & copyright © by Dr. Seuss Enterprises, L.P. 2019

Published in the United States by Random House Children's Books,
a division of Penguin Random House LLC, New York.
Originally published in English under the title *Happy Birthday to You!*
by Random House Children's Books,
a division of Penguin Random House LLC, New York, in 1959.
TM & © 1959, and copyright renewed 1987 by Dr. Seuss Enterprises, L.P.

Random House and the colophon are registered trademarks
of Penguin Random House LLC.

Visit us on the Web!
Seussville.com
rhcbooks.com

Educators and librarians, for a variety of teaching tools, visit us at
RHTeachersLibrarians.com

Library of Congress Cataloging-in-Publication Data is available upon request.
ISBN 978-1-9848-3135-4 (trade) — ISBN 978-0-593-12150-4 (lib. bdg.)

Printed in the United States of America
10 9 8 7 6 5 4 3 2 1

First Edition

Para
mis buenos amigos,
los niños del condado de San Diego

Ojalá hiciéramos como en Katrú desde antaño.
Ellos sí saben desearte un feliz cumpleaños.

En Katrú, cada año, el día en que tú naciste,
la fiesta empieza cuando el cielo de luz se viste,
cuando hasta el Monte Zorno sube el Señor Vocero
y lanza un gran toque con el Cuerno Cumpleañero.
Y mientras toca el cuerno anuncia con alegría:
«¡Despierta! ¡De todos los días, hoy es tú Día!».

Y apenas se oye el cuerno, con su sonido grave,
¡se siente un aleteo de alas! ¡Y aparece EL AVE!

¡El Ave Cumpleañera!
Y hasta donde yo sé,
Katrú es el único sitio en que esta Ave se ve.
Es un ave con cerebro y mente iluminada,
¡es la mente más capaz de las más capacitadas!
Fue adiestrada en el Club más genial de la nación,
el Club Cumpleañero de Katrú para esta ocasión.
Y sea cual sea tu nombre, Beto, Beca o Bartolo,
al llegar tu cumpleaños, se encarga de todo.

Y sea cual sea tu nombre, René, Rita o Ramón,
irá junto a tu cama: ¡sabe tu dirección!
Oirás un zumbido en el cielo iluminado.
Aunque no estés despierto, ¡un ojo no está cerrado!
Entonces, sobrevolando árboles y tejados,
verás acercarse el ave que viene *a tu lado*.

¡Ya estás levantado!

¡El ave ya ha entrado!

¡Saltas a la ventana! Saludas educado

con el Saludo Secreto único del lugar

que la gente buena, cumpleañera, puede usar.

Se hace así, con los dedos de manos y pies.

Entonces el Ave dice:

—¡Cepíllate los dientes y vámonos después!

¡De todos los días, hoy es tu Día! ¡El Mejor!

¡Así que no pierdas tiempo!

¡Vístete ya,

por favor!

Cinco minutos más tarde, vas a merendar
más allá del pueblo, montado en un Esmorgar.
—Hoy —se ríe el Ave—, puedes comer lo que quieras.
Que nadie te diga nada. Haz lo que prefieras.
No tienes que ser limpio ni ordenado esta vez.
Y si quieres come con las manos o los pies.
Puedes comer de todo. ¡Arrasa con el menú!
¡Hoy es tu cumpleaños! *¡Hoy tú puedes ser tú!*

Si no hubiera cumpleaños, tú no existirías.

Si nunca hubieras nacido, dime, pues, ¿qué harías?

Si nunca hubieras nacido, ¿qué serías? ¿Tal vez…?

¡Un sapo sobre un árbol! ¡O *quizá* fueras pez!

¡O el pomo de una puerta! ¡O tres papas horneadas!

O una bolsa de tomates verdes abultada.

O, peor que eso…, ¡podrías ser un NO-FUI!

Un No-fui no se divierte nunca. Sí, es así.

Un No-fui no es. No está presente simplemente.

Pero tú… ¡Tú ERES TÚ! ¡Y eso es algo sorprendente!

Luego subiremos al espacio sideral:
¡Al Eco-Sitio Cumpleañero en Katrú oficial!
¡Abre la boca! ¡Y al cielo dirígete así!
Grita alto, con fuerza: «¡YO SOY YO!
¡Estoy aquí!
¡Yo soy yo!
Tal vez no sepa por qué, tal vez no,
pero sí sé que me gusta.
¡Tres hurras! ¡YO SOY YO!».

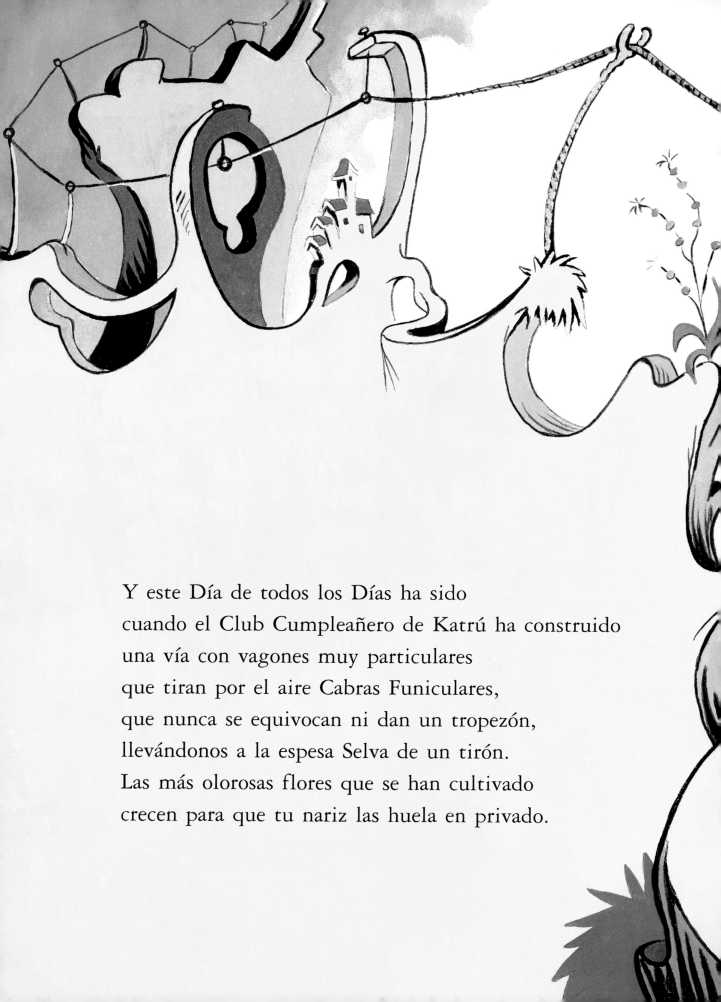

Y este Día de todos los Días ha sido
cuando el Club Cumpleañero de Katrú ha construido
una vía con vagones muy particulares
que tiran por el aire Cabras Funiculares,
que nunca se equivocan ni dan un tropezón,
llevándonos a la espesa Selva de un tirón.
Las más olorosas flores que se han cultivado
crecen para que tu nariz las huela en privado.

¡Huelen como el regaliz! ¡Y como huele el queso!
Cuarenta Cortadores van a lo más espeso.
¡Cortan con cortadoras! ¡Podan con podaderas!
¡Podan y repodan con sus tremendas tijeras!
¡Recortan y cortan, *cros, cras, cros, cris*! ¡*Cros, cras, cris!*
¡Podan y repodan, *plos, plas, plos, plis*! ¡*Plos, plas, plis!*
Y cortan y podan solamente para ti.
¡Porque por tu Cumpleaños ha de ser así!

¡Luego cargan estas joyas aromatizantes
sobre los lomos de cincuenta Hipo-Trotantes!
A tu casa llevarán las flores para ti.
Y los Hipo-Trotantes pueden quedarse allí.

En lo que esto termina, tengo el presentimiento
de que ya es la hora del Almuerzo Suculento...

En el Almuerzo Cumpleañero, generalmente,
servimos en carretes los perritos calientes.

Come, sí, come sin pena,
uno tras otro hasta que
sientas la barriga llena.

Ahora, llenos de mostaza,
según las reglas,
hay que lavarse en las Fuentes Quita-Mostaza,
que son aguas termales de la cima ascendente
del Club Quita-Mostaza y para esto solamente.

Luego, ¡sal del agua! Al secarte, canta fuerte.
Canta fuerte: «¡Yo soy yo!». Canta fuerte: «¡Ay, qué suerte!».

Si no hubieras nacido, ¡serías quizá un NO-SER!
¡Un No-Ser no se divierte! No lo puede hacer.
Nunca tiene cumpleaños, ¡no disfruta realmente!
Tienes que haber nacido o no tendrás un presente.

¡Un presente! *¡Ajá!*
¿Y ahora qué presente voy a dar...?
¡Pues el tipo de presente
que jamás vas a olvidar!

¿Quieres una mascota fina quizás?
Pues... eso es justo lo que tendrás.
¡Te daré la más fina que hayas visto jamás!

Tenemos en el corazón de la nación, mira tú,
la Reserva de Mascotas Cumpleañera de Katrú.
Desde la punta del este a la punta del oeste,
por doquier hemos buscado para lo mejor traerte.
Hay de todos los tamaños..., medianas, grandes, chiquitas.
¡Te buscaré, si prefieres, la más alta y exquisita!

Para encontrar la más alta,
por la más baja empezamos...

Por la más baja empezamos. ¿Y luego qué hacemos?
De dos en dos, y lomo con lomo las pondremos
en orden por tamaño. Y una vez terminado,
la mascota más alta habremos encontrado.

Pero tienes que ser listo y mirar sus patillas,
por si acaso hacen trampa y se ponen de puntillas.

Y entonces las pondremos de menor a mayor
y mayor. Y mayor. Y mayor y aún mayor.
Y aquí tienes, ya está, la mayor de las mayor-es.
Toda tuya. ¡La mayor de los alrededor-es!
Va a encantarte, ¡la mayor de todas las mayor-es!

La enviaré a tu casa, por Cumpleaños Express.
Eso cuesta bastante, mas no importa, ya ves.
¡Hoy es tu cumpleaños! ¡Hoy Tú eres Tú, además!
Qué más da si me cuesta mil o dos mil o más.

¡Hoy es tu cumpleaños! Tu deseo es lo primero.
A lo mejor prefieres un buen Pez Relojero.

Enviaré al Buzo Mar y también al Buzo Mero
por el profundo mar con sus trajes de buceo.
Y es que no hay mejor mascota en el mundo entero
que el Pez Relojero que pescan Mar y Mero.

Y hablando de relojes... Ay, vaya, qué revés,
¡el Pez Relojero da las cinco menos diez!
¡Ni idea tenía de lo tarde que era ya!
¡Tenemos una gran cita! ¡Hemos de ir para allá!

Y ya, cuando el atardecer pinta el cielo de colores,
¡llega la noche del Día-del-Mejor-de-los-Mejores!
Noche-de-todas-las-Noches-de-las-Noches de Katrú
y, de acuerdo con las reglas, lo que debes hacer tú
es subir a un Bi-Trotón-con-Capucha llamado Otero
y galopar a lo loco al Pa-lacio Cumpleañero.
Tu Gran Fiesta de Cumpleaños pronto comenzará
en el Pa-lacio más señorial que hayas visto jamás.

Este Pa-lacio Cumpleañero, nada más que lo ves,
tiene, con exactitud, nueve mil cuatrocientos tres
salas de juego. ¡Para orquestas hay unas doce piezas!
Y esto sin contar los cincuenta y tres puestos de hamburguesas.
Y, además de todo eso, hay sesenta y cinco salones
para guardar esas Escobas-que-Barren-a-Montones.
Porque, al terminar tu fiesta, puedes bien imaginar
que se tardarán veinte días en barrer y limpiar.

Nos reciben los Tamborileros, que van tamboreando.
Los siguen los Rasgueadores, que se acercan rasgueando.
Tamborileros, tamboreando, Rasgueadores, rasgueando,
seguidos por Trompeteros, que avanzan trompeteando.
¡Fíjate en los Trompeteros! ¡Tal parecen Fontaneros!
Con sus cabezas de tubo trompetean de maravilla,
¡produciendo esa música que ellos llaman trompetilla!

Y toda esa algarabía de tubos y tuberías
que trompetea y rasguea y tamborilea así...
Todo eso, todo eso,
¡todo eso es para ti!

¡MIRA!

¡Las Sardinas Cantarinas del Director Amador!

¡Un coro de sardinas deletreando, sí, señor!

¡Fíjate qué bien lo hacen las Sardinas Cantarinas!

Pues no solo cantan: ¡también deletrean en tu honor!

¡Y aquí viene tu tarta! Hecha por Merengo y Merengú,
Reposteros Oficiales Cumpleañeros de Katrú.
Y Merengo y Merengú, contento de decirte estoy,
son los únicos reposteros que hacen tartas para hoy.
¡Con mantequilla de pepino de menta marinada
con garantía asegurada y bien certificada!
Y disponen de los mejores cortadores de tartas,
Corto y Cortés, que ondeando sus cortadores filosos,
están listos en cubierta para así cortarla en trozos.

¡Hoy tú eres solo tú! Eso es así, asimismo.
¡No hay ningún otro ser que sea más tú que tú mismo!
«¡Ay, qué suerte ser quien soy! —grita a todo pulmón—.
Menos mal que no soy ni una almeja ni un jamón.
¡Ni un frasco de jalea agridulce de Cantón!
¡Yo soy lo que soy! ¡Y es algo genial ser así!
Por eso me digo: ¡FELIZ CUMPLEAÑOS A MÍ!».

Y en Caballines, Trotones y Galopines, ¿ves?,
¡llegan todos tus amigos! ¡Todos juntos a la vez!
Con amigos tan intensos, el Pa-lacio se ilumina.
¡Y tu fiesta sigue!
Sigue y sigue
hasta que termina.

Al terminar,
te sientes feliz,
más rico y relleno.
Y el Ave te lleva a tu casa
en suave bandeja al vuelo.

El Ave Cumpleañera
de Katrú
lo hace así.

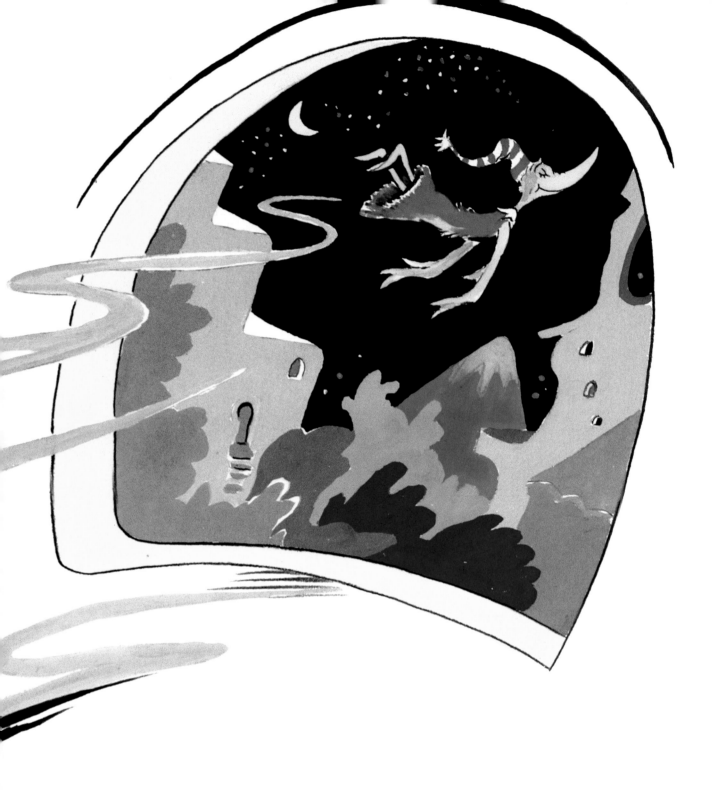

¡Cuánto me gustaría
hacer todo esto
para *ti*!